KB160350

글 · 그림 바바 노보루

바바 노보루 선생님은 1927년 일본 아오모리현에서 태어났습니다.
처음에는 만화가로 출발하셨습니다. 훈훈함 가득한 삽화, 깊은 맛이 살아 있는 유머, 그리고 독특한 이야기 전개로 일본에서는
어린이들에게 인기가 많은 작가입니다. 〈11마리 고양이 시리즈〉로 산케이 아동출판 문화상과 문예춘추 만화상을 수상하셨습니다. 이 외에도 〈11마리 고양이의 마라톤대회〉라는 그림책으로 이탈리아 볼로냐 국제아동 도서전 엘바상을 받으셨습니다.

옮김 이장선

이장선 선생님은 현재 출판사에 근무하며, 어린이 책의 해외 기획과 번역을 하고 계십니다.
번역한 그림책으로는 〈손뼉은 짝짝〉, 〈고구마 방귀 뿡〉, 〈어른이 된다는 건〉, 〈1학년 1반 시리즈〉 등이 있습니다.

11마리 고양이와 돼지

글·그림 바바 노보루 | 옮김 이장선

11마리 고양이가 여행을 떠났습니다.

꿈소담이

11마리 고양이가 탄 차가 시골길을 끝없이 달리고 있었습니다.

"우와, 예쁜 시골 풍경이야."

"이야, 넓은 들판이네."

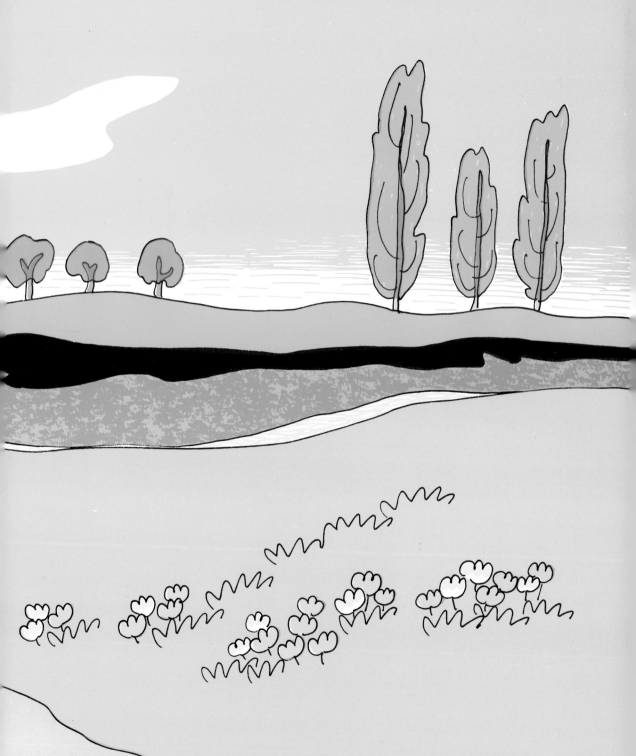

넓디 넓은 들판을 조금씩 지나자

언덕 산기슭에 낡은 집이 나타났습니다.

대장 고양이가 차를 세웠습니다.

"아무도 안 사는 빈집이야."

"에이쿠, 더러워."

"좋아, 오늘은 여기서 묵는다."

11마리 고양이는 청소 도구를 찾아와 대청소를 시작했습니다.
천장의 거미줄을 걷어 내고 먼지를 털고 마루를 닦았습니다.

"점점 깨끗해지는걸. 즐거워라."

"우와, 정말 반짝반짝 깨끗해졌다."
"멋진 집으로 변신했어."

"얘들아, 이 집을 우리의 보금자리로 하는 게 어때?"
"와! 찬성이야."

"꿀꿀, 저 잠시 실례합니다."
돼지 한 마리가 창문으로 얼굴을 내밀었습니다.

"이 근처에 제 할아버지 댁이 있는데, 여기인가요?"

"아니에요. 아니에요."

"여기는 11마리 고양이의 집이에요."

야옹 야옹 야옹 야옹.

"꿀꿀꿀, 멀리서 찾아왔는데
좀 들어가도 되나요?"

야옹.

대장 고양이가 양팔을 벌리고
돼지 앞을 가로막습니다.

"여기는 11마리 고양이의 집!"

야옹 야옹 야옹 야옹.

"꿀꿀, 우리 할아버지 댁이 어디지? 확실히 이 근처였는데."

"이상한 녀석이 여기에 오지 못하도록 문패를 달아 놓자."

"그거 좋은 생각이야. 그게 좋겠어."

"여기는 11마리 고양이네 집."

"얘들아, 저기를 봐.
언덕 위에서 돼지가
뭔가를 하고 있어."
"통나무를 모으고 있네."

"뭘 시작하려는 걸까?"

"알았다. 집을 만들려는 모양이야."
"뭐? 그런 거야?"

"어떤 집을 만들려나?"

"아마도 돼지 집이겠지."

"비가 와서 일이 안 되나 봐."
"그러게. 비가 꽤 내리는걸."
"저 돼지, 왠지 불쌍해 보여."

11마리 고양이는 돼지를 집으로 불렀습니다.
"돼지야, 이쪽으로 들어와."
"세상에, 흠뻑 젖었네."

"난로 앞에서 몸 좀 말려야겠다."
"꿀꿀, 정말 고마워. 고양이 친구들!
너희는 정말 친절하구나."

돼지는 무척 행복했습니다.

11마리 고양이도 기분이 무척 좋았습니다.

"얘들아, 우리가 돼지를 도와 주자."

"좋아."

"우리 모두가 힘을 모으면

멋진 집을 만들 수 있을 거야."

"꾸울 꿀, 정말이야?

얘들아, 고마워. 정말 고마워."

돼지는 무척이나 기뻤습니다.

"올해 큰 태풍이 온다기에 그 전에

집을 완성하려던 참이었는데."

대장 고양이가 돼지 집의 설계도를

그리기 시작했습니다.

11마리 고양이는 공사에 들어갔습니다.

통나무랑 널빤지를 차곡차곡 운반했습니다.

척척척척, 뚝딱뚝딱.

싹싹싹, 싹싹싹.

"꿀꿀꿀, 꿀꿀꿀.
이층에는 베란다도 만들 거야.
조금만 더 힘을 내면 예쁜 새 집이 생긴다."

뚝딱뚝딱

척척척척

쓱쓱쓱쓱

그랬습니다. ||마리 고양이는 돼지네 새 집이
너무너무 훌륭해 그냥 주기 아까웠습니다.
이렇게 하여 돼지는 고양이네 집에서 살게 되었습니다.

"꿀꿀, 그래 괜찮아.
원래 여기가 우리 할아버지 집이었잖아."

밤이 되었습니다.

바람이 요란하게 불기 시작했습니다.

구름이 뭉게뭉게 생겼습니다.

울타리는 넘어져 날아가 버렸습니다.

"꿀꿀, 태풍이네!"

야옹 야옹 야옹.
야아옹.
"꿀꿀꿀, 고양이네 집이 날아갔네."

야아옹.

아아, 고양이들이 하늘로 날아갑니다. 날아갑니다.

11마리 고양이와 돼지

펴낸날 | 2006년 6월 20일 초판 1쇄 · 2017년 12월 20일 초판 10쇄

글 | 바바 노보루 옮김 | 이장선 펴낸이 | 김숙희 펴낸곳 | (주)꿈소담이
주소 | (우)02834 서울특별시 성북구 성북로8길 29 B1 등록번호 | 제6-473호(2002. 9. 3)
전화 | 02-747-8970 팩스 | 02-747-3238 홈페이지 | http://www.dreamsodam.co.kr